dtv

Das Haiku – jene berühmte Kurzgedichtform japanischer Herkunft – ist in der deutschen Sprache angekommen: Das zeigen eindrucksvoll die 112 Gedichte dieser kleinen Sammlung, die alle in der ersten Dekade des 21. Jahrhunderts entstanden sind. Viele davon werden hier zum ersten Mal veröffentlicht. Es ist eine exemplarische »Blütenlese«, die das breite Spektrum deutschsprachiger Haiku-Dichtung, deren verschiedene Stil- und Spielarten sichtbar machen möchte – für alle Freunde zeitgenössischer Poesie.

HAIKU

hier und heute

Mit Illustrationen
von Martina Wember

Mit einem Nachwort
herausgegeben von
Rainer Stolz und Udo Wenzel

Deutscher Taschenbuch Verlag

Im Deutschen Taschenbuch Verlag
sind erschienen:
Haiku. Japanische Gedichte (12478)
Imma von Bodmershof: Haiku (12977)

Ausführliche Informationen über
unsere Autoren und Bücher
finden Sie auf unserer Website
www.dtv.de

MIX
Papier aus verantwortungsvollen Quellen
FSC® C019821

Originalausgabe 2012
Deutscher Taschenbuch Verlag GmbH & Co. KG,
München

Umschlagkonzept: Balk & Brumshagen
Umschlag- und Innenillustrationen:
Martina Wember
Gesetzt aus der Helvetica 10,5/13,5'
Satz: Greiner & Reichel, Köln
Druck und Bindung: Druckerei C. H. Beck, Nördlingen
Gedruckt auf säurefreiem, chlorfrei gebleichtem Papier
Printed in Germany · ISBN 978-3-423-14102-4

INHALT

Morgenkaffee
7

Hauptverkehrszeit
27

Atempausen
45

Rückwege
69

Abendglocken
93

Nächtlicher Fang
115

Nachwort
136

Quellennachweis
144

MORGENKAFFEE

ARNFRID ASTEL

Knisternd entknüllt sich
das Papier in seinem Korb
mitten in der Nacht.

SIMONE K. BUSCH

Morgenstille
von Strandkorb zu Strandkorb
Möwenspuren

INGO CESARO

Behaarte Raupe
schleppt glitzernden Tautropfen –
einen Grashalm hoch.

YUKO MURATO

Mit Fingerspitzen
legt die Frau die Erdbeeren
auf ihren Marktstand.

HORST LUDWIG

Novemberfrühe.
Die Fährenpassagiere
einzeln übern Steg.

ANDREAS NOGA

frostmorgenstraße
über deinen lippen schwebt
ein satz aus wolken

GERD BÖRNER

Morgenkaffee –
herrlich duftet die Mühle
zwischen ihren Knien

GABRIELLE SCHMID

vor meinem fenster
der tanz der männerbeine
auf dem baugerüst

JOCHEN HAHN-KLIMROTH

eine Wespe
ich öffne die Fenster weit
zwei Wespen

THOMAS STEINER

3 läuse
im waschbecken: 1, 2, 3
die augen zugemacht!

WALLE SAYER

Ein Eiszapfen
träufelt Augentropfen
in das Starren der Tonne.

MONIKA HERMANN

Hinter dem Vorhang
aus Schneeflocken verborgen –
noch mehr Schneeflocken.

GERDA FÖRSTER

Ein Schneerest am Zaun
steht auf,
schüttelt die Pfoten …

ULI BECKER

Erstes scheues Grün
raustauender Knallfrösche:
Vorfrühlingsjubel!

JÖRG RAKOWSKI

Neue Galaxie entdeckt –
ich rühre im Kaffee

GERHARD HABARTA

In mein Briafkastl
hat a klane Meisn a Nest.
Schreib ma liaba net.

VALERIA BAROUCH

Starenschwärme –
nun wird der Wäschekorb
wieder schwerer

HAUPTVERKEHRSZEIT

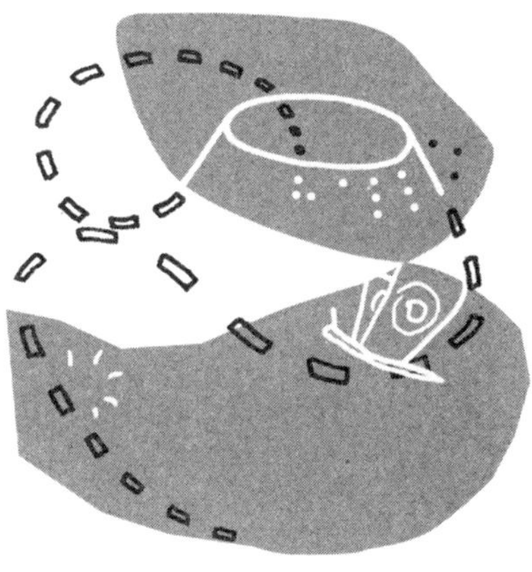

RUTH FRANKE

brütende Hitze
beim Arzt warten geduldig
zwei Regenschirme

MARIO FITTERER

zone 30
die katze liegt
auf null

JANA JILL BOCKLET

Auf dem Kotflügel
des Motorrads überholt
Schnecke – Jaguar.

BEATE CONRAD

Hauptverkehrszeit.
Ein Schmetterlingsschatten
hält am Bordstein.

MARTIN BERNER

Lindenblüte
Autohupen
Lindenblüte

RALF BRÖKER

Elternsprechtag –
das Kreischen
der Kreide

WERNER REICHHOLD

Kindereisenbahn
Opas Zigarrenstummel
qualmt im Schornstein

GERD ROMAHN

Zwischen den Blumen
ein Teddybär –
flüchtendes Blaulicht

MANFRED ENZENSPERGER

grünstraße
bäume kommen in mein zimmer
schieß doch parkhaus

GABRIELE TRINCKLER

banzai! schrillt der schrei
schwarz gegürteter grillen
durchs grashalmdickicht.

BRIGITTE FUCHS

Ich zähle Silben.
Draußen schneidet der Nachbar
die Lorbeerbäume.

DIETER HÖSS

Norderneyku

Die Strandburg aus Sand.
Aus Muscheln die Schriftzeile:
Zutritt verboten.

VOLKER FRIEBEL

Stadtmauer.
Der Efeu schickt neue Triebe
durch die Schießscharte.

RAPHAEL URWEIDER

die katzen aus staub
im engen gassenregen
lösen sich schnell auf

CLAUDIA MELCHIOR

Brückengeländer …
die Blindenschrift
des Regens

ATEMPAUSEN

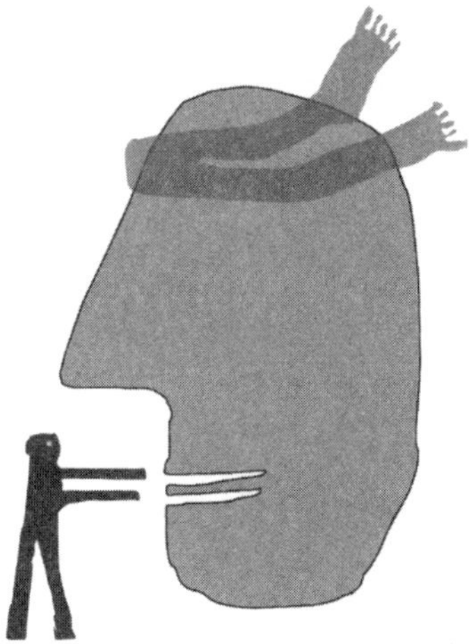

HENDRIK JACKSON

durch die geschlossenen lider
zeichnet die sonne
blaue äderchenschrift

HANS LESENER

Zappenduster
inne Kunsthalle.
Paar Dingens leuchtn.

GABRIELE BRUNSCH

adventssingen
der rotz auf dem ärmel
glitzert

JOACHIM THIEDE

Bestattungsgeschäft
vor der Urne ein Schild:
Bin gleich wieder da

JÜRGEN VÖLKERT-MARTEN

Zwei Kaffeetassen
in der Spüle aber das
Löffelchen im Bett

ULRIKE DRAESNER

1 ganze beziehung
als haiku

(soviel zur jahreszeit)

hin hing hingabe
hirngabe hirnwurst hanswurst
hauswurst hauwust ich

HEIKE STEHR

Pusteblumen –
er wählt ihre Nummer
und schweigt

HUGO DITTBERNER

Die Ahornblätter
wenden ihr Rot noch einmal
ehe sie loswehn.

HANS-PETER KRAUS

ordentlich in einer Reihe
sechs Säcke
mit Laub gefüllt

HARRY ROWOHLT

Besonders im Herbst
Vergesse ich, wieviele
Silben ein Haiku

MARTINA HEINISCH

japanischer Garten –
mein erstes Tuschebild
eine westfälische Eiche

FRANK MARTENS

Nach dem Landregen
Hängt Nebel in den Kiefern
Jeder Axtschlag hallt

JOCHEN KUNZMANN

Zwischen Grausensdorf
und Gruselsberg: Stille. Dann
Rallye-Rennwagen.

MARTINA SYLVIA KHAMPHASITH

Im Haus der Eltern –
die Treppe knarrt immer noch
an gleicher Stelle

STEFAN WOLFSCHÜTZ

Im Kellerregal
neben den frischen Äpfeln
die Beatles-Platten

ARNE RAUTENBERG

Der Marienkäfer
Auf der Hibiskusblüte
Im Aschenbecher.

INA MÜLLER-VELTEN

Umweg –
noch einmal der Duft
von falschem Jasmin

GONTRAN PEER

mitten im april
pudelnass unter dem knirps
alle drei mädchen

SUSANNE STEPHAN

Der Mai schüttelt sein
nasses Fell, in den Tatzen
zerpflückte Blüten.

CORNELIA HONDT

Über mir ein Baum
neben mir ein Apfel
meine Birne brummt

WENDEL SCHÄFER

Katrin ist schwanger.
Die fetten Spinnen dösen.
Der Sommer war gut.

RÜCKWEGE

ULLA HAHN

AStern ihr SchweStern
Sternsinger im späten Beet
spielt mir das Lied vom Licht

WINFRIED BENKEL

Auf langen Stelzen
eilt mein Schatten übers Feld –
Dezembersonne

GERD SONNTAG

Den Schemen eines
schlitternden Hundes verfolgt
ein Hecht unterm Eis

KAI POHL

phantom

der januarwind
der mit den bäumen fuchtelt
treibt die vögel an

JAN WAGNER

die weizenfelder
tragen das meer übers land.
kenternder traktor.

KLÁRA HŮRKOVÁ

Von der Klippe aus
siehst du den blauen Schimmer
auf Schwalbenrücken

SILVIA KEMPEN

steife Wäsche
die weiße Brandung
über dem Riff

RENÉ MARIA POSSÉL

warten
bis das meer die sonne
an den strand spült

ROSWITHA ERLER

Rückflug –
im Handgepäck
der nasse Bikini

MATHIAS JESCHKE

Kam aus Tralien,
bereiste mal Aysia,
blieb dann in Dien.

PHILIPP LUIDL

ich gehe den weg
schiebe den hügel zur seite
der mir das meer verstellt

ARNO HERRMANN

Den Weg verloren –
grenzenlos
der Acker im Schnee

REINER BONACK

Einen Frieden lang
ist Herbst. Die Eicheln fallen
fast wie Eicheln falln.

ECKHARD ERXLEBEN

der puppenspieler
packt alle die da kämpften
in seine kiste

ERIKA SCHWALM

Am Kellerschlüssel
des Elternhauses
klebt die Kindheit

KIKI SUÁREZ

Er ist plötzlich da,
dieser Stein am Straßenrand,
als ich ihn brauche

JANE REICHHOLD

in der Kirche
unsere Gerüche
als Gabe

UWE CLAUS

Kirchturm – hoch gerüstet
bis unters Dach. Der Himmel
zum Abriss bereit

STEPHAN GÜRTLER

Am Roten Rathaus
fallen Tauben tot vom Dach
steht in der BZ.

RÜDIGER JUNG

Wäre ich ein Wurm
ich sähe die Amsel
mit anderen Augen.

MATTHIAS KORN

Schneeschmelze –
vom Hochsitz des Jägers
die Enten füttern

ABENDGLOCKEN

MARA KEMPTER

als tropfenerzählerin
im regen unterwegs

BERNADETTE DUNCAN

Honig abfüllen …
ein leises Singen
im Glas

FRANZ KRATOCHWIL

Sommerkonzert –
über dem Notenpult
summt eine Hummel

CHRISTOPH WENZEL

an den kippen zieht er
und in die pfandflaschenhälse
pfeift sein lied der wind

DIETMAR TAUCHNER

Ich furze
stürmischer Applaus
im Radio

RUDI PFALLER

Abendglocken
ein Bub prellt den Ball
in Synkopen

LARS-ARVID BRISCHKE

spinnen, vollständig
vernetzt laden sie sich jetzt
fliegen herunter.

GISELA HOLLE

nach dem Hagelkorn
fällt jetzt die Abendsonne
durchs gelochte Blatt

ILMA RAKUSA

Zeit das Kartoffelfeuer
zu schüren
Zeit die Türen zu schließen

EDITH LINVERS

Jetzt wird geschlossen
sagt die Hibiskusblüte
zum Sommerabend

MARIANNE KUNZ

Im Spiegel
eine Andere betrachtet mich
beim Abschminken

FRANK HORNUNG

Diese Stofftiere
jenseits des Sommerabends –
Altenheimfenster.

INGRID KUNSCHKE

Winterabend
mit kleinen Stichen erscheint
das Lächeln der Puppe.

HANS-JÜRGEN HEISE

Gruppenbild

Der da
hinter der Säule
der bin ich!

MICHAEL DENHOFF

Im Hotelzimmer.
Die Stadt, aus der ich komme,
als Bild an der Wand.

HELGA NIEWERTH

die Greisin im Bett
gefesselt
von Kindergeschichten

MAX SESSNER

Der alte Hund flüstert
im Schlaf und das Kind
bellt eine Puppe an

CLAUDIA BREFELD

Kinderklinik –
die gelben Malstifte
aufgebraucht

ANDREA D'ALESSANDRO

Kirschblüten!
Auch dieses Wort
hat Oma jetzt verloren

NÄCHTLICHER FANG

THEO BREUER

solstitium

feiner flockenfall
ausgestopfter sänger hört
eisblumen klirren

LEO GILLESSEN

die flamme am docht
schweigt sich aus
                                        licht ein lächeln
dringt in die hände

SABINE SOMMERKAMP

Narzissenknospen
öffnen sich im Kerzenlicht –
wer sagt es ihnen?

FRANZ HODJAK

Liebste, ich schenk dir
heut mein Unwort des Jahres:
das Weihnachtsgeschäft.

ANTON G. LEITNER

Er, trunken:

Wasser sucht
Findet immer
Einen. Weg.

WENDELINUS WURTH

kei moschee am ort
do huckt d muundsichel eifach
uf de kirchturmspitz

FITZGERALD KUSZ

so edz gäihi middä fernbedienung
aff di schdraß und drigg:
obbä di laid senn immä nu dou

RICHARD MÜLLER

musikantestadl
dann doch leber sonnowends
intensivstation

KLAUS-DIETER WIRTH

im Förderkorb
der verschüttete Bergmann
und das Tageslicht

TANJA DÜCKERS

Meine Freunde
schwarze Fenster
schlafen

DANIEL DÖLSCHNER

Danach
im Dachfenster
ein anderer Himmel

AXEL KUTSCH

Ich lippe dich –
Zünglein an der Waag
Ina

GEORGES HARTMANN

Die Sommernächte
sind erfüllt vom leisen Klang
gepiercter Zungen.

ANGELIKA WIENERT

Techno-Musik.
Ich klopfe den Takt
auf die Matratze

NICO BLEUTGE

der mond eine spur
zu silbern, um mitternacht:
der krähende hahn

NORBERT STEIN

Mond auf dem See –
ein Fisch
zupft Wellenringe

WOLFGANG BEUTKE

Nächtlicher Fang –
Das zuckende Deck
im Mondlicht

DURS GRÜNBEIN

Nach letzten Fischen
Echolotend durchpflügen
Sie wütend das Meer.

CHRISTA WISSKIRCHEN

Ein Feld voll Haikus:
Sind sie alle geerntet,
flüstern sie im Sack.

NACHWORT

1. Haiku – hier und heute

»Warum gibt es im Deutschen keine Haiku?« Mit dieser Frage konnte 1982 noch ein wissenschaftlicher Aufsatz eröffnet werden. Heute wäre eher zu fragen, wieso sich die deutschsprachige Haiku-Dichtung seither, und besonders seit der Jahrtausendwende, so rasant und vielfältig entwickelt hat, obwohl ihre Existenz und sogar deren Möglichkeit immer wieder in Frage gestellt wurde (und wird). Der Philosoph Gregor Paul, Autor jenes Aufsatzes, verwies zu Recht auf die erheblichen Unterschiede der deutschen Sprache im Vergleich zur japanischen, in welcher das Haiku vor etwa 600 Jahren entstand. Unterschätzt hat er allerdings die Fähigkeit der Dichtung, sei sie nun deutsch- oder anderssprachig, sich Formen, die aus fremden Literaturen stammen, anzuverwandeln. Dies gilt ebenso für die Pluralisierung dessen, was im deutschsprachigen Raum und anderswo als ›lyrisch‹ anerkannt wird, für die Öffnung des Poesie-Verständnisses.

Dietrich Krusche, Übersetzer und Herausgeber der Sammlung »Haiku. Japanische Gedichte« (dtv 12478), sah den Erfolg der Haiku-Dichtung bei Lesenden wie bei Schreibenden in deutscher Sprache elf Jahre später bereits als Tatsache an – was er hauptsächlich darauf zurückführte, dass durch das Haiku »eine Lücke im System unserer lyrischen Formen ins Bewusstsein gerückt« worden sei: »Spruch, Sentenz, Aphorismus, Epigramm sind gedanklich besetzt; das nicht-reflexive, szenisch-anschauliche, in der Tendenz unmetaphorische Kurzgedicht hat in der bisherigen Geschichte der deutschen Literatur keine deutliche Ausprägung gefunden.«

Auch viele Haiku-Dichter/innen ›hier und heute‹ betonen die Unterschiede des Japanischen und des Deutschen. Manche warnen sogar davor, sich mit den eigenen Versen allzu mimetisch der klassischen japanischen Haiku-Dichtung zu nähern. Verwiesen wird hierbei insbesondere auf die japanischen Lauteinheiten (Moren), die mit den deutschen Silben nicht gleichzusetzen sind, auf die andere Sprachstruktur des Japanischen, welche die syntaktische und semantische Verknüpfung der Worte wesentlich lockerer lässt, sowie auf die entsprechend andere lyrische Tradition, in der Bindung vor allem durch einen Rhythmus der Moren-Anzahl und durch Lautmalereien erzeugt wird. Unter anderem auf Grund dieser Unterschiede – deren Bedeutsamkeit sich allerdings verändert, wenn die Literaturen sich verändern – hat die Haiku-Dichtung in deutscher Sprache sich inzwischen eine relative Eigenständigkeit erarbeitet, in der zudem ein bemerkenswertes Spektrum an Variationen Platz findet. Das Haiku hat sich im deutschsprachigen Raum (wie in vielen anderen Sprachräumen auch) eingerichtet und entwickelt sich im internationalen Austausch weiter.

2. Wegmarken deutschsprachiger Haiku-Dichtung

Frühe Einzelbeispiele einer von japanischer Haiku-Dichtung inspirierten Kurzlyrik finden sich um die Wende zum 20. Jahrhundert und besonders in dessen 20er-Jahren unter anderem bei Rainer Maria Rilke, Arno Holz, Ivan Goll und Klabund. Aus der Perspektive der Haiku-Forscherin und -Autorin Sabine Sommerkamp sei im Laufe der Zeit, begünstigt »durch die Haiku-Adaption führender Nachkriegslyriker, wie etwa Günter Eich«, eine »autonome deutschsprachige Haiku-Dichtung« entstanden. Deren Beginn setzt sie in den 60er-Jahren an, insbesondere mit dem Erscheinen des Bandes »Haiku« der österreichischen Schriftstellerin Imma von Bodmershof (dtv 12977).

Die Genannten widmeten sich dem Haiku aber nur phasenweise und als einer Gedichtform neben anderen. Motivierend war für sie dabei ein Drang nach Entdeckung und Erweiterung des lyrischen Repertoires.

haijin, wie sie in Japan genannt werden, Dichter/innen, die sich nahezu ausschließlich auf das Verfassen von Haikus spezialisieren, findet man hierzulande in größerer Zahl erst seit den frühen 80er-Jahren – ein Resultat von Hobbyzirkeln, die sich an vielen Orten bildeten und eigene Szenen entstehen ließen. Diese für hiesige Verhältnisse ungewöhnliche Verbreitung poetischer Praxis knüpfte an den populären Charakter der Haiku-Dichtung in Japan an. Eine Rolle spielten freilich auch die vielen Angebote spirituell gefärbter Sekundärliteratur, in der das Schreiben von Haikus in Erleuchtungslehren, versehen mit dem beliebten Attribut ›östlich‹, eingespannt wurde.

1988 schließlich kam es zur Gründung der »Deutschen Haiku-Gesellschaft«. In ihr erkunden Hunderte von Haiku-Fans in wechselnden Generationen und vielfältigen Aktivitäten, wie zum Beispiel der Herausgabe einer eigenen Vierteljahresschrift, diese, wie es heißt, kleinste Gedichtform der Welt.

3. Popularisierungstendenzen der jüngeren Zeit

Als entscheidender Motor für die deutschsprachige Haiku-Dichtung erwies sich das Internet. Die Möglichkeiten weltweiter Kommunikation führten unter anderem zu mehr Transparenz und einer gewissen Entmystifizierung der Form. Zu Beginn des 21. Jahrhunderts entstanden mehrere Webseiten, die ihre Aufmerksamkeit dem Haiku deutscher Sprache und dessen Poetologie widmen. Es gründeten sich Haiku-Foren mit Werkstattcharakter und von Redaktionen betriebene Online-Portale, die qualitative Auswahlen durchführen. Bei »Haiku heute«, dem wohl bekanntesten dieser Portale, werden mehrere hundert

Haikus pro Monat eingesandt. Die wenigen ausgewählten Texte, die auf der Webseite präsentiert werden, erscheinen seit 2004 auch als Jahrbücher.

Stark beeinflusst ist diese ›Laienbewegung‹ von der Entwicklung in Großbritannien und vor allem in den USA, wo sich ebenfalls zahlreiche Haiku-Dichter/innen im Internet austauschen. Viele deutschsprachige Autorinnen und Autoren sind in europäischen, amerikanischen sowie englischsprachigen japanischen Haiku-Foren und -Magazinen präsent, indem sie ihre Haikus ins Englische übersetzen oder in englischer Sprache verfassen. Das ermöglicht ihnen auch die Beteiligung an international ausgeschriebenen Wettbewerben japanischer oder US-amerikanischer Institutionen, mit dem Ergebnis, dass sich unter den prämierten Werken regelmäßig auch solche deutscher, österreichischer oder Schweizer Herkunft finden lassen – auch wenn dies in der eigenen literarischen Öffentlichkeit bisher kaum wahrgenommen wird.

4. Brückenschlag zwischen ›Haiku-Szene‹ und ›Literaturbetrieb‹

Weitgehend im Verborgenen blieb bislang auch, dass sich viele im Literaturbetrieb angesiedelte Lyrikerinnen und Lyriker dieser dichterischen Form aufs Neue zuwenden. Da es an entsprechenden Veröffentlichungen noch mangelt, waren sogar wir von der großen Resonanz überrascht, die unser Aufruf für die vorliegende Anthologie in Lyrikkreisen erfuhr.

Ähnlich wie in den Anfängen des deutschsprachigen Haikus scheint die Form auch für heutige ›Profis‹ der Dichtkunst eine besondere Herausforderung darzustellen: ein lockendes Wagnis. Weil ihre Kürze, der Fokus aufs Situativ-Bildliche und der zurückhaltende Gestus der Haiku-Dichtung, wie sie uns zumeist überliefert ist, die vertrauten Möglichkeiten des Dichtens in mancher Hinsicht konterkarieren, sind auch versierte Lyriker/innen auf diesem Terrain gewissermaßen Laien. Ein Großteil der Sekundärliteratur erschwert zudem die Aneignung, weil darin noch immer Sinnstiftungsmodelle (z. B. Haiku als Zen-Praxis) und Reinhaltungsgebote dominieren.

All das setzt im besten Fall eine produktive Verunsicherung in Gang, von der sich Dichter/innen, die sich nicht auf bestimmte Stilmittel, Formen oder den freien Vers festlegen wollen, die aber auch gegen bloße Imitation gefeit sind, anstacheln lassen können. In derartigen Prozessen verändert sich zugleich aber auch ›das‹ Haiku. Der Lyriker Jan Wagner formuliert diesen Zusammenhang so: »Das Spannende an traditionellen Formen – ob es sich nun um das Haiku, die Sestine oder die Villanelle handelt – ist ja die Anverwandlung der Tradition, also das gleichzeitige Beachten und Unterlaufen der Vorgaben, die individuelle Adaption.«

Solch bewusste Abweichungen von Regeln, die als traditionell vermittelt, aber zunehmend auch als konstruiert erkannt werden, sowie allerlei Experimente mit der Haiku-Form finden sich nicht nur bei ausgewiesenen Poetinnen und Poeten, sondern ebenso bei Vertreterinnen und Vertretern der Haiku-Kreise. Auch wenn die Beispiele sprachspielerischen Umgangs mit der Gattung vorwiegend aus der Feder von Lyrikerinnen und Lyrikern stammen, zeigt diese Anthologie, dass die Haiku-Produktionen beider ›Szenen‹ in jüngerer Zeit in Bewegung geraten und einander, gerade auch in ihrer Vielgesichtigkeit, recht nahe gekommen sind. Für sich betrachtet lässt sich den wenigsten hier veröffentlichten Haikus ansehen, welcher (zudem fragwürdigen) Kategorie die Autorin oder der Autor zugerechnet werden kann. Ein literaturkritisches Argument für eine Separierung, die faktisch noch immer gepflegt wird, lässt sich nicht finden – und das sagen zwei Herausgeber, die durchaus als Exponenten jener getrennten Kreise durchgehen könnten. Eine unserer

Prämissen war es deshalb, mit der vorliegenden Sammlung einen Brückenschlag zu vollziehen und eine Zusammenschau zeitgenössischer deutschsprachiger Haiku-Dichtung jedweder Herkunft vorzulegen.

5. Auswahl repräsentativer Beispiele

Ziel war es, eine kleine Auswahl repräsentativer Beispiele aus der deutschsprachigen Haiku-Dichtung der jüngsten Gegenwart, der ersten Dekade des 21. Jahrhunderts, zu erstellen – eine exemplarische Sammlung, die das Spektrum zeitgenössischer Haikus deutscher Sprache im ›Hier und Heute‹ sichtbar macht. Dabei wollten wir insbesondere verschiedenen Stil- und Spielarten Raum geben, von denen sich einige erst in jüngerer Zeit entwickelt oder verbreitet haben. Einem Erkundungs- und Entdeckungsverfahren deutlich mehr verbunden als einem normativen, kanonisierenden Ansatz, nahmen wir auch Kurzgedichte auf, die sich in Grenzbereichen dessen bewegen, was geläufige Lehren bisher als Haiku definiert haben.

Begründen lässt sich dieses relativ offene Haiku-Verständnis nicht nur mit dem Wunsch, das gegenwärtige und zukünftige Haiku der dichterischen Aktivität – im Spannungsverhältnis von Traditionswissen und Erneuerung – zu überlassen, sondern auch aus der Geschichte der Haiku-Dichtung selbst: Kann schon bei den Klassikern nur eingeschränkt von strikten und einheitlichen Regeln gesprochen werden, so entwickelte sich die Haiku-Dichtung spätestens mit Beginn der Moderne in Japan (*Meiji*-Epoche) in sehr unterschiedliche Richtungen. Die Regel der 5–7–5 Moren gilt mittlerweile nur für das so genannte »traditionelle Haiku« (*dentō haiku*), ebenso die Pflicht eines Jahreszeitenworts (*kigo*). Das so genannte »zeitgenössische Haiku« (*gendai haiku*) ist dagegen offen für Abweichungen und Experimente. Die Internationalisierung der Haiku-Dichtung, wie sie sich in den letzten 60 Jahren vollzogen hat, beförderte die Ausbildung weiterer Schreib- und Lesarten, beispielsweise jener angelsächsischen Schule, in der ein *haiku moment*, die Erfahrung und Gestaltung eines Augenblicks, zum Hauptkriterium erklärt wurde.

Für diese Anthologie – die bewusst und gegen eine gewisse Konvention nicht nach Jahreszeiten gegliedert ist, sondern im Sinne eines virtuellen Tagesverlaufs, in dem jederzeit alles geschehen kann – sollten weder bestimmte Haiku-Verständnisse vorausgesetzt noch ausgeschlossen werden. Dass jene Haikus, die ›hier und heute‹ auf eine Jahreszeit verweisen, und jene, in denen das 17-Moren-Prinzip auf deutsche Silben übertragen wird, nicht weniger als andere willkommen waren, belegt die Auswahl. Denn es galt gerade nicht, ein neues Entweder-Oder, eine neue Hierarchie aufzustellen, sondern die Vielfalt dessen, was ein Haiku in deutscher Sprache heute sein kann, wahrnehmbar zu machen.

6. Anmerkungen zum Haiku-Begriff

Das Haiku ausschließlich als japanische Gedichtform zu charakterisieren, erweist sich als zunehmend problematisch. Der hier skizzierten Entwicklung angemessener erscheint es, von einer internationalen Gedichtform japanischer Herkunft zu sprechen.

Vor diesem Hintergrund liegt auch die Konsequenz nahe, für deutschsprachige Haikus den Duden-gemäßen Plural zu verwenden – so verstörend dies für Kenner der Haiku-Dichtung zunächst klingen mag, da es im Japanischen keine Pluralflexion gibt. Der angehängte Buchstabe kann als Symbol für den Spielraum der Aneignung und Erweiterung der Form aufgefasst werden, für ihre Integration in den Kosmos der Dichtung deutscher Sprache.

Zuletzt sei noch erwähnt, dass mit Absicht auf die Unterscheidung in Haiku und Senryū verzichtet wurde, wie sie auch im deutschsprachigen Raum gelegentlich anzutreffen ist. In der japanischen Dichtung werden ›Dreizeiler‹ als Senryū und nicht als Haiku klassifiziert, die, vereinfacht wiedergegeben, kein Jahreszeitenwort (*kigo*) enthalten und, insbesondere auf satirische Weise, von menschlichen Belangen handeln. Eine solche Grenzziehung ist jedoch selbst in Japan oftmals schwierig; und sie ist problematisch, unter anderem weil sie immer wieder mit einer Wertungshierarchie einhergeht. Daher wurde diesem Begriffspaar in unserer Auswahl keine Beachtung geschenkt.

7. Sie sind am Zug!

Welche Pfade deutschsprachiger Haiku-Dichtung der Gegenwart als besonders reizvoll und zukunftsweisend empfunden werden, lässt sich nicht vorhersagen. Dass bei allem Anspruch, die Vielfalt einzufangen, hier auch persönliche Vorlieben eingeflossen sind, liegt in der Natur einer Auswahl. So mag zum Beispiel der hohe Anteil an humorvollen Gedichten darauf zurückzuführen sein.

Unser Dankeschön gilt den beteiligten Autorinnen und Autoren, die dieses Projekt mit Leben gefüllt haben. Es gilt denen, die uns Tipps gegeben und Kontakte vermittelt haben. Und ganz besonders gilt es allen Einsenderinnen und Einsendern, die auf diesen begrenzten Seiten keine Berücksichtigung finden konnten.

Mit dem letzten Text dieser Sammlung, dem Dreizeiler von Christa Wißkirchen, gesprochen, hatten wir die dankbare Aufgabe, »ein Feld voll Haikus« zu bestellen, und hoffen, dass den Leserinnen und Lesern die Ernte Genuss bereitet.

Hamburg/Berlin im Sommer 2011
Udo Wenzel & Rainer Stolz

QUELLENNACHWEIS

Arnfrid Astel (*1933)
Knisternd entknüllt sich 9
In: Arnfrid Astel, Das Spektrum gibt dem Augenblick die Sporen. Gedichte, Gutleut Verlag, Frankfurt am Main 2010. © 2012 Arnfrid Astel, Saarbrücken, www.zikaden.de

Valeria Barouch (*1951)
Starenschwärme 25
Erstveröffentlichung. © 2012 Valeria Barouch, Cologny, Schweiz

Uli Becker (*1953)
Erstes scheues Grün 22
Erstveröffentlichung. © 2012 Uli Becker, Berlin

Winfried Benkel (*1950)
Auf langen Stelzen 72
In: Haiku mit Köpfchen, Anthologie zum 2. Deutschen Internet Haiku-Wettbewerb, Hamburger Haiku Verlag, Hamburg 2004. © 2012 Winfried Benkel, Augsburg

Martin Berner (*1948)
Lindenblüte 33
In: Die zweite Japanreise 2002 des Frankfurter Haikukreises. Ein Tagebuch, herausgegeben von Erika Schwalm, minimart-verlag, Frankfurt am Main 2003. © 2012 Martin Berner, Frankfurt am Main

Wolfgang Beutke (*1947)
Nächtlicher Fang 133
In: Lauschen *der Bach*. Haiku-Jahrbuch 2008, hrsg.

von Volker Friebel, Wolkenpfad-Verlag, Tübingen 2009. © 2012 Wolfgang Beutke, Barum

Nico Bleutge (*1972)
der mond eine spur 131
Erstveröffentlichung. © 2012 Nico Bleutge, Berlin

Jana Jill Bocklet (*1982)
Auf dem Kotflügel 31
Erstveröffentlichung. © 2012 Jana Jill Bocklet, Erlangen

Reiner Bonack (*1951)
Einen Frieden lang 83
Erstveröffentlichung. © 2012 Reiner Bonack, Magdeburg

Gerd Börner (*1944)
Morgenkaffee 15
Auf (online): »ZEIT ONLINE« am 27.8.2010. © 2012 Gerd Börner, Berlin

Claudia Brefeld (*1956)
Kinderklinik 112
Auf (online): www.haiku-heute.de 06/2009. © 2012 Claudia Brefeld, Bochum

Theo Breuer (*1956)
solstitium 117
Erstveröffentlichung. © 2012 Theo Breuer, Sistig/Eifel

Lars-Arvid Brischke (*1972)
spinnen, vollständig 101
In: Siebzehn Silben. Eine Haiku-Auswahl, hrsg. von Gerhard Rademacher, edition exemplum, ATHENA-Verlag, Oberhausen 2002. © 2012 Lars-Arvid Brischke, Berlin

Ralf Bröker (*1968)
Elternsprechtag 34

Auf (online): www.fotohaiku.com, September 2009.
© 2012 Ralf Bröker, Ochtrup

Gabriele Brunsch (*1949)
adventssingen 49
Erstveröffentlichung. © 2012 Gabriele Brunsch, Obernbreit

Simone K. Busch (*1965)
Morgenstille 10
Auf (online): www.haiku-heute.de 08/2010. © 2012 Simone K. Busch, Rheinbach

Ingo Cesaro (*1941)
Behaarte Raupe 11
In: Ingo Cesaro, Eine Handvoll Haiku, edition fundamental/Richard Müller, Fulda 2007. © 2012 Ingo Cesaro, Kronach

Uwe Claus (*1960)
Kirchturm – hoch gerüstet 88
In: Uwe Claus, Haiku. Prisma und Worte wie Fächer. 101 Haikus, Verlag DIE SCHEUNE, Dresden 2001.
© 2012 Uwe Claus, Dresden

Beate Conrad (*1961)
Hauptverkehrszeit 32
Erstveröffentlichung der deutschsprachigen Version.
© 2012 Beate Conrad, Waterford, MI, USA

Andrea D'Alessandro (*1964)
Kirschblüten! 113
Auf (online): www.haiku-heute.de 03/2007. © 2012 Andrea D'Alessandro, Bruchsal

Michael Denhoff (*1955)
Im Hotelzimmer 109
In: Der Lärm des Herzens. Haiku-Jahrbuch 2004, hrsg. von Volker Friebel, Wolkenpfad-Verlag, Tübingen 2005. © 2012 Michael Denhoff, Bonn

Hugo Dittberner (*1944)
Die Ahornblätter 54
Erstveröffentlichung. © 2012 Hugo Dittberner, Echte

Daniel Dölschner (*1976)
Danach 127
Erstveröffentlichung. © 2012 Daniel Dölschner, Augsburg

Ulrike Draesner (*1962)
1 ganze beziehung 52
Erstveröffentlichung. © 2012 Ulrike Draesner, Berlin

Tanja Dückers (*1968)
Meine Freunde 126
In: Tanja Dückers, Luftpost. Gedichte Berlin – Barcelona, Tropen Verlag, Köln 2001. © 2012 Tanja Dückers, Berlin

Bernadette Duncan (*1965)
Honig abfüllen 96
Auf (online): www.haiku-heute.de 10/2008. © 2012 Bernadette Duncan, Rosenfeld

Manfred Enzensperger (*1952)
grünstraße 37
In: Manfred Enzensperger, Zimmerflimmern, Horlemann Verlag, Berlin 2007. © 2007 Horlemann Verlag, Berlin

Roswitha Erler (*1941)
Rückflug 79
Erstveröffentlichung. © 2012 Roswitha Erler, Berlin

Eckhard Erxleben (*1944)
der puppenspieler 84
In: Eckhard Erxleben, Echo des Moments. Haiku, Wiesenburg Verlag, Schweinfurt 2006. © 2006 Wiesenburg Verlag, Schweinfurt

Mario Fitterer (1937–2009)
zone 30 30
Erstveröffentlichung in der Online-Haiku-Werkstatt des Hamburger Haiku-Verlags; in leicht veränderter Fassung später in: Mario Fitterer: EOS Es ist rot überholt, Mafora-Verlag, Biederbach 2007. © 2012 Angela Fitterer, Biederbach

Gerda Förster (*1947)
Ein Schneerest am Zaun 21
Auf (online): www.haiku-heute.de 03/2011. © 2012 Gerda Förster, Nijmegen, Niederlande

Ruth Franke (1932–2011)
brütende Hitze 29
In: Ruth Franke, Lapislazuli, Mafora Verlag, Biederbach 2002. © 2012 Hermann-Dietrich Franke, Emmendingen

Volker Friebel (*1956)
Stadtmauer 41
In: Feine Kerben. Haiku-Jahrbuch 2006, hrsg. von Volker Friebel, Wolkenpfad-Verlag, Tübingen 2007. © 2012 Volker Friebel, Tübingen

Brigitte Fuchs (*1951)
Ich zähle Silben 39
In: Brigitte Fuchs, Handbuch des Fliegens, edition 8, Zürich 2008. © 2008 edition 8, Zürich

Leo Gillessen (*1954)
die flamme am docht 118
In: Leo Gillessen, fast stille, edition KRAUTGARTEN, St. Vith 2009. © 2012 Leo Gillessen, St. Vith, Belgien

Durs Grünbein (*1962)
Nach letzten Fischen 134
In: Durs Grünbein, Lob des Taifuns. © Insel Verlag, Frankfurt am Main und Leipzig 2008. Alle Rechte bei und vorbehalten durch Insel Verlag Berlin.

Stephan Gürtler (*1969)
Am Roten Rathaus 89
Erstveröffentlichung. © 2012 Stephan Gürtler, Berlin

Gerhard Habarta (*1939)
In mein Briafkastl 24
In: Gerhard Habarta, Net vü umadum redn. Gesammelte Haiku mit Illustrationen von Joan Miró, Hamburger Haiku Verlag, Hamburg 2004. © 2012 Gerhard Habarta, Seebenstein, Österreich

Ulla Hahn (*1946)
AStern ihr SchweStern 71
Erstveröffentlichung. © 2012 Ulla Hahn, Hamburg

Jochen Hahn-Klimroth (*1964)
eine Wespe 17
Erstveröffentlichung. © 2012 Jochen Hahn-Klimroth, Ober-Ramstadt

Georges Hartmann (*1950)
Die Sommernächte 129
In: Gepiercte Zungen. Haiku-Jahrbuch 2003, hrsg. von Volker Friebel, Wolkenpfad-Verlag, Tübingen 2004. © 2012 Georges Hartmann, Frankfurt am Main

Martina Heinisch (*1960)
japanischer Garten 57
Erstveröffentlichung. © 2012 Martina Heinisch, Oelde

Hans-Jürgen Heise (*1930)
Gruppenbild 108
Aus dem Skript eines z. Zt. vorbereiteten Sammelbandes mit Gedichten und Prosagedichten 1950–2011. © 2012 Hans-Jürgen Heise, Kiel

Monika Hermann (*1939)
Hinter dem Vorhang 20
In: Haiku mit Köpfchen, Anthologie zum 2. Deutschen Internet Haiku-Wettbewerb, Hamburger Haiku Verlag, Hamburg 2004. © 2012 Monika Hermann, München

Arno Herrmann (*1958)
Den Weg verloren 82
In: Worte für die Wolken. Haiku-Jahrbuch 2005, hrsg. von Volker Friebel, Wolkenpfad-Verlag, Tübingen 2006. © 2012 Arno Herrmann, Trier

Franz Hodjak (*1944)
Liebste, ich schenk dir 120
Erstveröffentlichung. © 2012 Franz Hodjak, Usingen

Dieter Höss (*1935)
Norderneyku 40
In: Manche mögen's Haiku, Dreizeiler von Dieter Höss, Fotos von Klaus Hansen, Köln 2010. © 2012 Dieter Höss, Köln

Gisela Holle (*1951)
nach dem Hagelkorn 102
Erstveröffentlichung. © 2012 Gisela Holle, München

Cornelia Hondt (*1966)
Über mir ein Baum 66
Erstveröffentlichung. © 2012 Cornelia Hondt, Wien

Frank Hornung (*1967)
Diese Stofftiere 106
Das Haiku ist Teil des deutsch-japanischen Zyklus »Harunokiki – Frühling der Krise«. Dieser wurde auszugsweise veröffentlicht in: Neue Sirene, Band 26/27, November 2011. © 2012 Frank Hornung, München

Klára Hůrková (*1962)
Von der Klippe aus 76
In: Klára Hůrková, Abziehbilder in der Luft, Edition Thaleia, St. Ingbert 2009. © 2012 Klára Hůrková, Aachen

Hendrik Jackson (*1971)
durch die geschlossenen lider 47
In: Einflüsterungen von seitlich, Morpheo Verlag, Berlin 2001. © 2012 Hendrik Jackson, Berlin

Mathias Jeschke (*1963)
Kam aus Tralien 80
Erstveröffentlichung. © 2012 Mathias Jeschke, Stuttgart

Rüdiger Jung (*1961)
Wäre ich ein Wurm 90
In: Rüdiger Jung, Strandgut. Haiku/Hai-Sen/Senryu, Graphikum Dr. Mock, Göttingen 1989. © 2012 Rüdiger Jung, Bad Endbach-Bottenhorn

Silvia Kempen (*1958)
steife Wäsche 77
Auf (online): www.haiku-heute.de 02/2011. © 2012 Silvia Kempen, Apen

Mara Kempter (*1942)
als tropfenerzählerin 95
In: Schwarz auf Weiss im bunten Bereich, Edition Isele, Eggingen 2011. © 2011 Edition Isele, Eggingen

Martina Sylvia Khamphasith (*1959)
Im Haus der Eltern 60
Erstveröffentlichung. © 2012 Martina Sylvia Khamphasith, Vientiane/Laos

Matthias Korn (*1967)
Schneeschmelze 91
Erstveröffentlichung. © 2012 Matthias Korn, Magdeburg

Franz Kratochwil (*1948)
Sommerkonzert 97
In: Franz Kratochwil, Klaviersonate, Mohlland Verlag, Goldebek 2010. © 2010 Mohlland Verlag, Goldebek

Hans-Peter Kraus (*1965)
ordentlich in einer Reihe 55
Erstveröffentlichung. © 2012 Hans-Peter Kraus, Essen

Ingrid Kunschke (*1962)
Winterabend 107
Auf (online): World Haiku Review 5–1 (Spring/Summer 2005). © 2012 Ingrid Kunschke, Porta Westfalica

Marianne Kunz (*1956)
Im Spiegel 105
In: Kirschblütenwind. Haiku-Jahrbuch 2010, hrsg. von Volker Friebel, Wolkenpfad-Verlag, Tübingen 2011. © 2012 Marianne Kunz, Tübingen

Jochen Kunzmann (*1954)
Zwischen Grausensdorf 59
Erstveröffentlichung. © 2012 Jochen Kunzmann, Zenting

Fitzgerald Kusz (*1944)
so edz gäihi middä fernbedienung 123
In: Fitzgerald Kusz, Der Vollmond über Nämberch. Die besten Gedichte aus 40 Jahren, ars vivendi, Cadolzburg 2009. © 2009 ars vivendi, Cadolzburg

Axel Kutsch (*1945)
Ich lippe dich 128
Erstveröffentlichung. © 2012 Axel Kutsch, Bergheim

Anton G. Leitner (*1961)
Er, trunken 121
Erstveröffentlichung. © 2012 Anton G. Leitner, Weßling

Hans Lesener (*1936)
Zappenduster 48
In: Hans Lesener, Wolkenschatten. Kurze Lyrik Kurze Prosa, Norderstedt 2010. © 2012 Hans Lesener, Notuln

Edith Linvers (*1940)
Jetzt wird geschlossen 104
In: Edith Linvers, Hibiskus und Eisblumen. Haiku, Universitätsverlag Brockmeyer, 2008. © 2012 Edith Linvers, Recklinghausen

Horst Ludwig (*1936)
Novemberfrühe 13
In: Haiku-Jahrbuch: Bis zum letzten Tag, Hamburger Haiku Verlag, Hamburg 2011. © 2012 Horst Ludwig, St. Peter, MN, USA

Philipp Luidl (*1930)
ich gehe den weg 81
Erstveröffentlichung. © 2012 Philipp Luidl, Dießen am Ammersee

Frank Martens (*1964)
Nach dem Landregen 58
Erstveröffentlichung. © 2012 Frank Martens, Gerswalde

Claudia Melchior (*1966)
Brückengeländer 43
Auf (online): Haikuscope 21. Woche 2010; und in: Kirschblütenwind. Haiku-Jahrbuch 2010, hrsg. von Volker Friebel, Wolkenpfad-Verlag, Tübingen 2011. © 2012 Claudia Melchior, Freiburg

Richard Müller (*1946)
musikantestadl 124
In: Richard Müller, kraankehuisgedanke. haiku uis der matratz geröchelt, edition fundamental/Richard Müller 2008. © 2012 Richard Müller, Künzell

Ina Müller-Velten (*1960)
Umweg 63
Erstveröffentlichung. © 2012 Ina Müller-Velten, Essen

Yuko Murato (*1951)
Mit Fingerspitzen 12
In: Einmal noch das Laub... Haiku [Anthologie], Haiku-Kreis der Deutsch-Japanischen Gesellschaft in Bayern e. V. (Hrsg.), Klinge Haiku Verlag, Grünwald 2004. © 2012 Yuko Murato, München

Helga Niewerth (*1954)
die Greisin im Bett 110

Auf (online): www.haiku-heute.de 09/2008. © 2012 Helga Niewerth, Herne

Andreas Noga (*1968)
frostmorgenstraße 14
Erstveröffentlichung. © 2012 Andreas Noga, Alsbach

Gontran Peer (*1957)
mitten im april 64
In: Gontran Peer, Westöstliche Haiku, Wiesenburg Verlag, Schweinfurt 2010. © 2010 Wiesenburg Verlag, Schweinfurt

Rudi Pfaller (*1949)
Abendglocken 100
Auf (online): www.haiku-heute.de 06/2008. © 2012 Rudi Pfaller, Remshalden

Kai Pohl (*1964)
phantom 74
In: Kai Pohl, Phantomkalender. Gedichte, Distillery Verlag, Berlin 2011. © 2012 Kai Pohl, Berlin

René Maria Possél (*1949)
warten 78
Erstveröffentlichung. © 2012 René Maria Possél, Ober-Ramstadt

Jörg Rakowski (*1962)
Neue Galaxie entdeckt 23
Erstveröffentlichung. © 2012 Jörg Rakowski, Worpswede

Ilma Rakusa (*1946)
Zeit das Kartoffelfeuer 103
Erstveröffentlichung. © 2012 Ilma Rakusa, Zürich

Arne Rautenberg (*1967)
Der Marienkäfer 62
In: Arne Rautenberg, vermeeren. 100 Gedichte und 100 Collagen, mit einem Vorwort von Jonathan Meese und einem Nachwort von Ulrike Draesner, Darling Publications, Köln 2007. © 2012 Arne Rautenberg, Kiel

Jane Reichhold (*1937)
in der Kirche 87
Erstveröffentlichung. © 2012 Jane Reichhold, Gualala, CA, USA

Werner Reichhold (*1925)
Kindereisenbahn 35
Erstveröffentlichung. © 2012 Werner Reichhold, Gualala, CA, USA

Gerd Romahn (*1952)
Zwischen den Blumen 36
Auf (online): www.haiku-heute.de 04/2010. © 2012 Gerd Romahn, Waltrop

Harry Rowohlt (*1945)
Besonders im Herbst 56
Erstveröffentlichung. © 2012 Harry Rowohlt, Hamburg

Walle Sayer (*1960)
Ein Eiszapfen 19
Erstveröffentlichung. © 2012 Walle Sayer, Horb-Dettingen

Wendel Schäfer (*1940)
Katrin ist schwanger 67
In: Wendel Schäfer, Herbst überm Zaun, BS-Verlag, Rostock 2009. © 2012 Wendel Schäfer, Boppard

Gabrielle Schmid (*1967)
vor meinem fenster 16
In: Gabrielle Schmid, dunstgebilde: aufzeichnungen, Books on demand 2003 (Schweiz). © 2012 Gabrielle Schmid, Niederweningen, Schweiz

Erika Schwalm (*1941–2005)
Am Kellerschlüssel 85
Auf (online): www.worldhaiku.net Januar 2003 und, in abgewandelter Version, in: Sommergras. Vierteljahresschrift der Deutschen Haiku-Gesellschaft e. V., Nr. 62, September 2003. © 2012 Dieter Schwalm, Frankfurt am Main

Max Sessner (*1959)
Der alte Hund flüstert 111
Erstveröffentlichung. © 2012 Max Sessner, Augsburg

Sabine Sommerkamp (*1952)
Narzissenknospen 119
Erstveröffentlichung. © 2012 Sabine Sommerkamp, Hamburg

Gerd Sonntag (*1962)
Den Schemen eines 73
In: Gerd Sonntag, Aus der Sammlung der Gespenster. Gedichte, Wiesenburg Verlag, Schweinfurt 2003. © 2012 Gerd Sonntag, Geilenkirchen

Heike Stehr (*1968)
Pusteblumen 53
Erstveröffentlichung. © 2012 Heike Stehr, Moers

Norbert Stein (*1959)
Mond auf dem See 132
Auf (online): www.haiku-heute.de. 06/2006. © 2012 Norbert Stein, Thüngersheim

Thomas Steiner (*1961)
3 läuse 18
Auf (online): www.haiku-heute.de. 01/2011. © 2012 Thomas Steiner, Neu-Ulm

Susanne Stephan (*1963)
Der Mai schüttelt sein 65
Erstveröffentlichung. © 2012 Susanne Stephan, Stuttgart

Kiki Suárez (*1951)
Er ist plötzlich da 86
Erstveröffentlichung. © 2012 Irene Oberstenfeld de Suárez, San Cristobal de Las Casas, Chiapas, Mexiko

Dietmar Tauchner (*1972)
Ich furze 99
Auf (online): Aozora, Haiku in South-East Europe, Dezember 2002. © 2012 Dietmar Tauchner, Puchberg, Österreich

Joachim Thiede (*1963)
Bestattungsgeschäft 50
Auf (online): Chrysanthemum Nr. 8, Oktober 2010. © 2012 Joachim Thiede, Hamburg

Gabriele Trinckler (*1966)
banzai! schrillt der schrei 38
Erstveröffentlichung. © 2012 Gabriele Trinckler, München

Raphael Urweider (*1974)
die katzen aus staub 42
Erstveröffentlichung. © 2012 Raphael Urweider, Bern, Schweiz

Jürgen Völkert-Marten (*1949)
Zwei Kaffeetassen 51

Erstveröffentlichung. © 2012 Jürgen Völkert-Marten,
Gelsenkirchen

Jan Wagner (*1971)
die weizenfelder 75
n: Jan Wagner, Guerickes Sperling, Berlin Verlag, Berlin
2004. © 2004 Berlin Verlag, Berlin

Christoph Wenzel (*1979)
an den kippen zieht er 98
Erstveröffentlichung. © 2012 Christoph Wenzel, Aachen

Angelika Wienert (*1956)
Techno-Musik 130
Auf (online): www.haiku-heute.de 08/2008. © 2012
Angelika Wienert, Oberhausen

Klaus-Dieter Wirth (*1940)
m Förderkorb 125
Auf (online): Chrysanthemum Nr. 4, Oktober 2008.
© 2012 Klaus-Dieter Wirth, Viersen

Christa Wißkirchen (*1945)
Ein Feld voll Haikus 135
Erstveröffentlichung. © 2012 Christa Wißkirchen, Pulheim

Stefan Wolfschütz (*1953)
m Kellerregal 61
rstveröffentlichung. © 2012 Stefan Wolfschütz, Hamburg

Wendelinus Wurth (*1953)
ei moschee am ort 122
: Wendelinus Wurth, kreis kreißt kreis us kreis, Drey-
erlag, Gutach 2010. © 2010 Drey-Verlag, Gutach

Rainer Stolz, geb. 1966 in Hamburg, lebt als Lyriker, freier Autor und Poesievermittler in Berlin. Zuletzt erschien: »Spötter und Schwärmer. Haiku-Vogelporträts« (Edition Krautgarten, 2012). www.rainerstolz.de

Udo Wenzel, geb. 1957 in Göppingen, gelernter Buchhändler und Soziologe, lebt in Hamburg. Er erkundet die Haiku-Dichtung mit deutsch- und englischsprachigen Haikus sowie Essays zur Haiku-Theorie und -Geschichte und ist Mitglied der Deutschen Haiku-Gesellschaft. Zuletzt erschien: »Taubenschlag. Kurzlyrik und Kurzprosa« (Wiesenburg Verlag, 2012).

Martina Wember, mehrfach ausgezeichnete Diplom-Designerin, Zeichnerin und Buchillustratorin, lebt und arbeitet in Berlin.